© 2019 G., B.
Herstellung und Verlag: BoD – Books on Demand, Norderstedt
ISBN: 9783741205910

Inhaltsverzeichnis

Vorwort   6

Vom Mut und Anderssein 7

Vom Suchen und Finden

und dem kleinen Aleso 21

Hungernde Kinder dürfte es nicht geben   43
Der alte Mann und

das Lied der Liebe 45

Aleso, Benno und das Wiedersehen
Vom unsichtbaren Band der Liebe 54
Die Taube 58

Nicht alle sind so 61

Die Rückkehr zur Hütte

des alten Mannes 62

Tom, der anders ist 65

Das Baumhaus 67

Andersstern beginnt die Welt zu verstehen   69

Die Taube will wieder fliegen
Oder vom Glauben an sich selbst 70
Du bist nie allein 73
Nachwort

Malerei Meer auf Pappe und Grafik B.G.

Vorwort

Eine Möwe schlüpft und sieht anders aus, als andere. Darum wird sie verstoßen, so klein und unbeholfen sie noch ist. Ihre Mutter gibt ihr Mut und Zuversicht mit auf den Weg und nennt die Möwe Andersstern. Sie solle sich dem Leben öffnen und herausfinden, was es bedeutet. Doch für Andersstern ist es schmerzhaft sich plötzlich ganz allein zu fühlen, ja noch nicht einmal zu wissen, ob sie überhaupt fliegen kann. Doch dann traut sie sich und macht sich auf die Reise.Sie will eine andere Möwe finden, die so ist wie sie, denn Andersstern sehnt sich auch nach Liebe und Freundschaft und versteht nicht, wieso sie allein sein muss, nur weil sie ein anderes Federkleid hat. Auf ihrer Reise lernt sie sich selbst kennen und stellt fest, dass sie nie allein ist, sondern es noch andere gibt, die auch anders sind und denen es nicht minder schlimm ergangen ist.

Doch alles nimmt ein gutes Ende und das Leben ist voller Zauber und Wunder und so mancher Überraschung.

Die Möwe Andersstern

I. Über Mut und Anderssein

Das Meer lag in seichter Stille, es ruhte und nur ab und an legte sich der Wind über den Spiegel des Himmels und formte verspielt leichte, kleine Wellen in den Tag hinein. Diese Wellen verwischten das Spiegelbild des Himmels. Der Sand an den Rändern des Meeres war durch die tagelange Hitze des Sommers heiß und sehr trocken. Jeder kleinste Hauch bewegte die Sandkörner immer wieder von neuem in ein anderes Bild und jede kleinste Spur von Bewegungslosigkeit, von etwas Bleibenden, verwehte mit diesem immer wieder sich veränderndem Teil des Lebens. Alles war irgendwie in sich gekehrt und strahlte eine nicht zu fassende Weisheit aus. Es schien wie im tiefsten Frieden, schien zeitlos und doch war alles in Bewegung. Sichtbar und unsichtbar.

Nur eine einsame Möwe saß am Strand und beobachtete das Spiel des Windes. Es war keine gewöhnliche Möwe, wobei ja überhaupt gar nichts gewöhnlich ist, denn alles ist voller Staunen und kleiner Wunder, aber diese Möwe war anders, denn ihr Federkleid war blau, wie der schönste Sommerhimmel und mit vielen kleinen funkelnden Sternenlichtern betupft. Keine andere Möwe sah so aus...doch in ihr schlug ja ein kleines verletzbares Herz...ein Möwenherz, wie jedes andere auch.

Damals, als sie aus ihrem Ei schlüpfte, noch die Wärme und Fürsorge ihre Mutter spürbar in ihrem Herzen, musste sie sogleich lernen, was es heißt anders zu sein und nirgendwo hineinzupassen. Als sie die Schale endlich geknackt hatte und voller Lebenslust und Hunger auf alles Neue hinaus sah in die Welt, trafen sie sofort die neugierigen Blicke der anderen Möwen.

Längst war auch ihre Mutter zugegen und begutachtete sie argwöhnisch, stellte sich dann aber vor die kleine Möwe.

Alle tuschelten miteinander, manche lachten und zeigten mit ihren Flügeln voller Hochmut auf den kleinen Vogel, der immer ängstlicher wurde und den Schutz seiner Mutter suchte.

Nun traf auch der Vater ein und trat nah an den Nachwuchs heran, schaute streng in dessen Augen, drehte sich um ohne auch nur einen Laut von sich zu geben und flog weg. Er hatte sie einfach alleine gelassen, sich nicht schützend vor das Junge und die Mutter gestellt. Er hatte sie einfach in Stich gelassen und entflog seiner Verantwortung.

Die kleine Möwe spürte so ein komisches Gefühl, welches durch ihren Körper krabbelte und es tat nicht gut, dieses Gefühl. Ihr war kalt und sie hatte Hunger, brauchte die Geborgenheit ihrer Mutter und müde wurde sie, denn frisch geschlüpfte Möwen brauchen noch viel Schlaf.

Es war längst am späten Abend,als ihr die Augen zufielen. Als sie am nächsten Morgen erwachte, saß ihre Mutter neben ihr und streichelte ihr mit ihrem Flügel über den Kopf. Schon meinte die kleine Möwe nun sei alles gut, als ihre Mutter zu ihr sprach:

Du musst von hier weggehen und woanders dein Glück finden. Der Rat der Ältesten hat heute Nacht beschlossen, dass es eine derartige Möwe in unserer Gemeinschaft nicht geben darf. Niemand darf anders sein, als andere. Ich weiß auch nicht, warum du so geboren bist und schon vollentwickelte Federn hast.

Ich nenne dich Andersstern...weil du so wunderschön und wie von einem anderen Stern zu mir geschickt worden bist. Als wäre alles eine Fügung.

So ist es wahrscheinlich auch. Doch was dies bedeutet musst du noch herausfinden.

Ich habe alles versucht, um dich zu retten, aber die Regeln sind streng und wer sich nicht fügt wird ausgestoßen und muss sein ganzes Leben allein und einsam verbringen. Du musst jetzt stark sein und deinen

eigenen Weg suchen. Such dein Glück, finde heraus, was es ist...lebe und liebe...werde du Selbst und finde dich in den kleinen Momenten des Glücks. Lerne zu lieben, was ist und wie es ist...ich bin alt, zu alt um mit dir wegzugehen.Ich habe keine Kraft mehr und wäre dir früher oder später eine Last.

Du aber kannst vielleicht eines Tages etwas ändern - brich dafür Regeln, die andere verletzen...lerne durch deine und unsere Fehler, mach viele davon, denn dafür leben wir.

Du wirst sehen, Fehler sind gar keine Fehler, wenn man sie erkennt und daraus lernt und sich weiter entwickelt - werde zu dir...und verschließ niemals dein Herz vor den wahren Dingen des Lebens. Wenn du jetzt weggehst, so bleibst du trotzdem in meinem Herzen und wann immer du mich brauchst werde ich da sein. Sei stark und geh jetzt. Denk daran: Du kannst alles schaffen...Hab nur Mut.

Damit drehte sie sich um und flog davon. Die kleine Möwe aber hatte sich zwar jedes Wort gemerkt, doch in ihr breitete sich eine unendliche Traurigkeit aus.

Sie verstand vor allem überhaupt nichts. Was war geschehen? Wieso war sie anders, als alle anderen, wieso sahen die anderen nicht wie sie aus. War sie denn nicht trotzdem eine von ihnen?

Doch je mehr sie sich Fragen stellte, um so weniger konnte sie Antworten darauf finden. Längst waren alle anderen zur gegenüberliegenden Seite der Bucht am Meer geflogen und lebten ihr Leben, als wäre nichts geschehen, als würde es die kleine Möwe Andersstern nicht geben.

Die Möwe saß ganz allein auf der Klippe ihrer Geburt und schaute über das weite Meer. Sie hob ihren Schnabel und atmete tief ein und aus. Tränen rollten über ihre Federn und ihr Herz war so schwer. Der Wind wehte leicht und fuhr sanft pustend über ihr Federkleid. Es war ihr, als wolle er sie trösten und ihr etwas sagen.Doch um seine Worte zu verstehen musste sie das Herz frei von ihrer Traurigkeit haben. So aber waren alle Gedanken nur bei ihrer Mutter und den anderen Möwen. Sie konnte den Wind noch nicht verstehen.

Die Sonne schimmerte über das Meer und ein paar Sonnenstrahlen trafen auch Andersstern. Sie konnte ja selbst nicht sehen, wie schön sie war und wie sie im Glanz der Sonne funkelte und ihr Federkleid wie ein Sternenhimmel aussah.

Es war längst Morgen geworden, als sie beschloss den Worten ihrer Mutter zu folgen. Sie wusste nicht, wie man das macht mit dem Fliegen. Sie hatte es nur bei den anderen gesehen und sie wusste auch nicht, ob sie das überhaupt schon konnte. Was,wenn sie nur ein paar Flügelschläge schaffte und dann über der Klippe abstürzen würde? War sie nicht eigentlich noch viel zu klein, um fliegen zu lernen? Konnten sie ihre Federn überhaupt schon tragen und war es bei den anderen auch so, dass sie kaum geboren schon fliegen lernen mussten?

Dann fiel ihr ein, dass sie ja keine große Wahl hatte. Sie musste es schaffen und ihr kamen die Worte ihrer Mutter in den Sinn:Du kannst alles schaffen...hab nur Mut!

Ich schaffe es...ich kann fliegen und ich habe den Mut dazu, dachte die kleine Möwe und dann werde ich ganz

bestimmt jemanden finden, der genauso ist, wie ich. Vielleicht finde ich einen Ort, an dem ich willkommen

bin - ein Zuhause. Also nahm sie allen Mut zusammen und stoß sich von der Klippe ab...und... flog.

Zunächst noch etwas unsicher und unkoordiniert, doch bald schon glitt sie durch die Lüfte und sah das Meer von oben. Wie herrlich war dieses Gefühl...sich vom Wind treiben zu lassen, diese Weite aufzusaugen, diese Farben der Freiheit mit jedem Flügelschlag zu spüren.

Schon merkte sie, wie die Traurigkeit aus ihr wich. Schon merkte sie, wie sich ein anderes Gefühl in ihr breit machte und das es gut tat.

Wie sie so durch den angehenden Tag flog, entfernte sie sich immer weiter von jener Klippe ihrer Geburt. Von ihrer Heimat. Da war sie bereits weit draußen über dem Meer. Sie blickte sich um. Nichts als Sonne, Meer und hin und wieder sah sie unter der Wasseroberfläche einen größeren, dunklen Schatten. Er bewegte sich langsam und bedächtig und hin und wieder kam eine Fontäne aus dem Wasser und ein Schnauben. Der Möwe schien es, als wenn dieser Schatten sie verfolgte und genau diesen Weg schwamm, den sie flog.

Vielleicht ist das jemand, der weiß, wo ich eine andere Möwe finden kann, die mir ähnlich ist. Ich werde zu diesem Schatten hinunter fliegen und ihn fragen.

Als sie an der Wasseroberfläche angelangt war, kam auch dieser Schatten nach oben. Sie nahm allen Mut zusammen und setzte sich auf den Rücken des Schattens.

Du kannst dich nicht einfach auf meinen Rücken setzen, denn gleich werde ich wieder abtauchen und weiter schwimmen, sagte dieser Schatten.

Wer bist du? Und weißt du vielleicht, wohin ich fliegen kann, um eine andere Möwe Andersstern zu finden?

Da schnaufte der Schatten abermals unter der Wasseroberfläche und beinah hätte die erneute Fontäne die Möwe getroffen.

Ich bin ein Wal und bald ist meine

Zeit des Lebens abgelaufen, denn ich bin schon sehr alt und auf meiner letzten großen Reise. Ich habe viel gesehen und viel gelernt. Ja, ich traf einmal eine andere Möwe, die aussah, wie du. Es ist lange her. Viele, viele Jahre und ich weiß noch, dass sie sagte, dass man erst sich selber kennen lernen muss, bevor man eine andere ihrer Art finden kann.

Denn nur, wenn man sich selber versteht, kann man danach suchen, was man wirklich vermisst. Man muss also erst seinem eigenen Herzen antworten können.

Aber wie finde ich denn diese Antworten?, sagte Andersstern.

Das musst du schon selber herausfinden...hab nur Mut! Nun muss ich weiter. Höre auf das Meer, versuch den Liedern der Wellen zu lauschen, finde heraus, was der Wind zu dir trägt. Lebe wohl...

Damit tauchte er auch schon ab und der kleinen Möwe blieb nichts anderes übrig, als sich wieder in die Lüfte zu schwingen.

Sie merkte, wie langsam aber sicher ihre Kräfte schwanden, denn all die Zeit hatte sie nichts gefressen. Also beschloss sie den Strand zu

suchen, um irgend etwas an Nahrung zu finden. Lange flog sie und es war beinah schon Nacht, als sie endlich im warmen, weichen Sand landen konnte. Sie hatte noch keine Erfahrung, hatte noch nie Futter besorgen müssen. Was überhaupt fressen denn Möwen, ging es ihr durch den Kopf. Sie wusste nur, dass ihr der Magen knurrte und ohne etwas Nahrung kein Weiterfliegen möglich war. Da sah sie am Strand etwas krabbeln. Seltsam sah es aus und genauso seltsam bewegte es sich auch. Ihr Magen rumpelte und es nützte nichts, sie musste versuchen es zu fressen.

Sie lief zu diesem seltsamen Wesen.

Entschuldige, aber ich muss dich jetzt fressen, denn ich hab großen Hunger.Schon wollte sie zu hacken, als dieses Wesen etwas zu ihr sagte:
Warte...du bist...du bist keine gewöhnliche Möwe, sondern zu ganz besonderen Dingen fähig.
Was meinst du?, Andersstern schaute fragend auf ihr eigentliches Futter.
Nun, du bist ein Vogel, der fähig ist, herauszufinden, was die wahren Dinge im Leben sind, sagte der Krebs.

Du kannst alles finden und es anderen erzählen. Aber du musst dafür auch auf andere Dinge verzichten.

Da fiel der kleinen Möwe wieder ihre Mutter ein. Und schon trat auch die Traurigkeit wieder in ihr Herz.
Nein, sei nicht traurig. Denn deine Mutter ist immer bei dir. Sie ist in deinem Herzen, sagte Krebs.
Woher weißt du das? Wer bist du?, Andersstern bekam große Augen.

Ich bin ein Krebs und einmal traf ich

eine Möwe, die dir ähnlich schien. Es ist schon lange her. Erst dachte ich, du wärst diese Möwe von damals, aber dann hättest du niemals versucht mich zu fressen.

Das tut mir leid, aber ich hab Hunger. Sag mir, was fressen Vögel, wie ich denn? Der Möwe knurrte mittlerweile laut der Magen.

Naja... Der Krebs kam gehörig ins Schwitzen. Eigentlich Fische und

anderes, sagte er dann.
Fische?, gab Andersstern zurück.
Ja.
Was ist denn ein Fisch?, fragend blickte Andersstern den Krebs an.

Ein Fisch ist ein Wesen im Wasser, gab der zurück.
Hm,vielleicht so was wie ein Wal?, sagte die Möwe.
Ja,sagte der Krebs. Aber es gehört zum Geheimnis, das du heraus finden sollst, gerade das nicht zu tun.Hör auf dein Herz...und versuch etwas zu fressen, was keines hat.Du bist tief verbunden mit allem, was lebt.Nun, jedes Lebewesen ist das. Doch manche haben einen besonderen Auftrag,so wie du.

Vertraue dir selbst.Jetzt muss ich

weiter,lebe wohl.Schon war der Krebs auch verschwunden.

Die Möwe aber schaute sich nach irgendwas um, was ihren Hunger stillen könnte und sah schließlich an einer Düne ein Grasbüschel. Eilig flog sie hin und probierte davon. Es schmeckte scheußlich und ein Schütteln ging durch ihren ganzen Körper, aber ihr Hunger war plötzlich gar nicht mehr so schlimm.

Was ist das überhaupt...dieses Leben? Die kleine Möwe setzte sich an den Grasbüschel und sah über die Weite bis zum Horizont. Dort, wo die Sonne aus dem Himmel ihre Farben in die

Wellen tauchte. Unendlich schien es, war das Meer, der Himmel und die

Freiheit in den Lüften...woher nur kannte sie dieses Wort und was bedeutete es wirklich? Schon neigte sich der Tag seinem Ende zu und der Feuerball der Sonne begann sich in das Meer zu senken. Zumindest erschien es so der Möwe. Was für eine Einsamkeit, dachte sie sich. Schön und weise. Und doch spürte sie abermals dieses andere Alleinsein in sich...jenes, was sich wie verloren anfühlt. Als würde nichts sonst auf der Erde existieren.

Und dann die Musik der Wellen. Wohl wie das Leben, ging es der Möwe durch den Kopf. Mal sanft, mal stürmisch...mal laut, mal leise und doch immer erklang aus ihm ein Lied, das sich aus allen Momenten zusammen spielte.

Da fielen ihr die Worte ihrer Mutter wieder ein...sie solle sich selbst finden in allen Momenten des Glücks.

Doch was war das überhaupt – das Glück. Was soll es sein?

Glück...Glück...der kleinen Möwe ging dieses Wort nicht mehr aus dem Kopf. Darüber schlief sie im Schutz des Grasbüschels ein.

Über das Suchen und Finden und den kleinen Jungen Aleso

Am Morgen, Andersstern öffnete ihre Augen, da erschrak sie.Denn sie blickte in ein fremdes Gesicht.
Ich dachte du bist tot, sagte das Gesicht. Wollte dich schon im Sand eingraben. Wie kann das sein? Du hast nicht mehr geatmet schlägst du deine Augen auf, beinah so, als wäre nichts gewesen.
Die kleine Möwe fühlte sich überrumpelt und fürchtete sich auch. Denn nie vorher hatte sie so etwas gesehen... Wer bist du denn?, sagte sie zu der eigenartigen Gestalt.

Die begann zu lachen...laut...sehr laut.

Das war der Möwe unangenehm.

Wer ich bin? Ich bin dein Traum. Du hast mich doch gerufen...nun bin ich da und du erkennst mich nicht. Ich bin dein Atem, dein Du...oder wenn du so willst: dein Ich.

Aber ich bin doch wach, sagte Andersstern...wieso denn Traum? Du ...Ich...ich verstehe das nicht. Schau mal hinüber zum Meer, erwiderte der Traum...schau in die Wolken, die sich in ihrem Schimmer über die Himmel schieben. Atme mal die Morgenluft. Und sieh einmal:Dort hinten...dort wartet eine Welt auf dich, die tief, tief in deine Seele führt. Alles, was du mit deinen Sinnen wahrnimmst, das alles bist du. Du siehst das Meer, es entsteht in deinem Kopf und doch gibt es auch zig andere Bilder davon. Aber nur eines von und in dir.Wir sind alle ALLES und wir konstruieren und malen uns die Welt. Daneben war sie immer schon da...auch ohne den Menschen.Woher will dann ein jeder wissen,ob sein Bild das Richtige ist? Jeder glaubt seine Wahrheit, sein Bild der Welt wäre das einzig Wahre. Doch es gibt keine EINE Wahrheit. Sie kann es nicht geben, denn jeder sieht die Welt in sich und für sich. Auch Fakten sind nur Vermutungen, auch wenn sie vielleicht vorübergehend bewiesen werden, so bleiben sie immer auch ein Stück weit unvollständig, denn die Welt lässt sich in ihrer Komplexität nicht in eine Tabelle oder in eine Endgültigkeit sperren.

Viele Kriege hat dieser Fehlglaube schon ausgelöst...der Fehlglaube einer habe das Recht und alle anderen Unrecht. Dabei hat jeder ein Stück des Schlüssels und der muss zusammengesetzt werden. Aber auch dann wird es kein Tor öffnen zum ewigen Geheimnis des Lebens, aber sehr wohl zu einem Miteinander, wie es einst mal gedacht und bis heute gewünscht. Frieden...

Voller Wunder ist dir das Leben. Es schenkt sich dir jeden erneuten Atemzug, den du tust. Jeder Augenblick will dir einen Traum, den du in dir findest, die ganze Schönheit allen Werdens und Vergehens schenken. Du suchst aber noch...darum findest du ihn nicht. Also mich...und ich habe mir gedacht ich muss dir also einmal in dein Gewissen reden.

Gewissen? Die Möwe war verwirrt. Was ist das?

Das ist etwas, was alles Leben zum friedlichen Miteinander eint. Ohne Gewissen auch keine Vernunft.

Was ist Vernunft?, sagte die Möwe.

Da hörte sie über sich eine Stimme sagen: Die Vernunft ist dort, wo die Herzen mit Respekt und Toleranz schlagen. Ein anderer Vogel kreiste über ihrem Kopf und ließ sich vom Wind durch die Lüfte hoch und runter tragen, als wäre dort oben ein Karussell.

Ist das Herz also eine Denkmaschine?, gab die Möwe zurück.

Aber nein..aber ja...aber …

Andersstern kratzte sich am Kopf...ja, was denn nun...?

Darauf gibt es keine Antwort, denn so wie alles ein Ganzes ist, ist alles auch im Ganzen ein Teil. Also das eine, kann nicht ohne das andere. Jeder Augenblick ist ein Teil der vielen Welten, die ineinander und miteinander verstrickt sind, wie Autobahnen...nur das sie sich spiralförmig bewegen. Also fragst du mich,ob das Herz vernünftig sein kann, dann sage ich ja und nein. Denn das Herz ist ohne Verstand und hat doch auch zum Glück die Vernunft inne.

Aha...sprichst du vom Glück? Ist das etwa Glück? Jenes, wovon auch meine Mutter sprach? Aber bedarf es nicht den Verstand für die Vernunft? Du verwirrst mich...

Da gab der Traum zurück...suche nicht...finde...und beobachte...wenn du in Situationen kommst, die Vernunft brauchen, ob dein Herz dann auch vernünftig entscheidet ohne Verstand ...dann war der Traum verschwunden.

Die kleine Möwe aber stellte überrascht fest, dass sie tatsächlich noch geschlafen hatte. Also doch alles ein Traum im Traum? Woher überhaupt wusste sie all diese Begriffe? Woher kamen jene Gedanken?

Ja, geht das denn überhaupt?

Aber ja...denn es gibt anscheinend ja viele Welten, also auch viele Traumebenen.

Der Möwe brummte der Kopf. Kein Wunder auch, denn noch immer hatte sie nichts gefressen.

Sie flog zu den Wellen, die sich voller Inbrunst immer wieder neu über den Sand zogen. Dabei ließen sie ihren Schaum zurück, der mit dem kleinen Windstoß wie ein Rad über den Strand kullerte. Wirst du denn nie müde immer und immer wieder deine Kräfte an Land zu spülen, liebes Meer?

Da braute sich eine riesige Welle zusammen, die sich wie eine Wand aufstellte und inne hielt.

Wer will das wissen?, sagte das Meer.

Andersstern fühlte sich auf einmal so unendlich klein und schwach gegenüber dieser Ur-Gewalt.

Ich, sagte sie kleinlaut.

Wer ist – ich –, gab mit mächtig lauter Stimme das Meer zurück.

Ich,eine Möwe.

Ach, ihr Möwen - sagte die Welle.Euer Geschrei über meiner Oberfläche nervt mich manchmal.Besonders aber dann, wenn ihr gierig darauf wartet den Beifang der Kutter zu vertilgen. Jedes kleine Herz, das mir einmal gestohlen wurde und sterben musste, ist eine weitere Träne in mir. Auf den Müllhalden gefällt es euch...oder?

Was ist eine Müllhalde? Die Möwe blickte verwundert zur Welle.

Ach...du bist ja die kleine Möwe...ja, warum ist mir das nicht gleich aufgefallen, sagte das Meer. Ich kenne dich schon eine Ewigkeit. Nun bist du wieder da...wie schön.Ich grüße dich...

Andersstern verstand nichts mehr.

Wieso kennst du mich eine Ewigkeit und was soll das nun wieder sein? Ich bin gerade erst geschlüpft...du kannst mich doch nicht kennen, liebes Meer mit deiner Wellenwand.

Kannst du dich an den kleinen Jungen Aleso auf der Müllhalde erinnern? Du warst doch damals jene Möwe...die...

Ich war das? Ich war was? Andersstern fühlte sich nun komplett überfordert. Nein...ich kann mich nicht erinnern, gab sie zurück.

Ach, das wird Aleso aber traurig stimmen...also gut, dann erzähle ich dir seine...nein ja eigentlich eure Geschichte.

Es war einmal ein kleiner Junge...
Die sengende Hitze machte es beinah unmöglich zu atmen. Der Gestank der Müllhalde verschlimmerte dies noch und selbst die Ratten kamen nicht mehr hervor.

Aleso steht auf einem der Berge von Müll und schaut zu den Wolken hinauf. Ja, eines Tages, denkt er, eines Tages komme ich euch besuchen und alles wird unbeschwert sein. Die

Sonne blendet seine kleinen, braunen Augen, die anfangen zu tränen.

Es ist Mittagsglut und unerträglich heiß. Nur noch ein paar Kabel, nur noch etwas, was sich auch verkaufen lassen würde. Aleso sieht wieder nach unten vor seine Füße. Abfall, denkt er, so wie ich.

Er nimmt den alten Plastiksack und läuft weiter. Seine Füße sind zerstochen von Glasscherben und manchmal kommen nachts die Ratten und beißen ihn.

Einmal hatte er kein Glück; einmal erwischten sie seine kleine Zehe und fraßen sie an. Seitdem verbindet er sich nachts seine Füße.

Die Schmerzen aber blieben,besonders, weil die Wunde nie richtig heilen konnte bei all dem Dreck. Er hatte Glück bis jetzt. Noch zeigt sich keine Entzündung. Aber wer weiß wie lange noch.

Plötzlich fliegen die vielen Möwen, die sich hier ihr Futter suchen, kreischend auf. Aleso weiß nicht warum. Es ist alles still. Außer der Fahrzeuge, die den Müll brachten, sieht er nichts. Aber irgend etwas drückt unter seinem rechten Fuß. Er hat schon längst keine Schuhe mehr. Er ist froh noch ein paar alte

Kleider ab und an zu finden. Aleso sieht unter seinem Fuß eine nur halb abgebrannte Geburtstagskerze. Kleine Abbildungen sind auch darauf, wie ein Schaukelpferd und ein Spielzeugauto.

Spielzeug, denkt Aleso. Wie gerne würde er einmal ein kleines Auto über den Sand fahren lassen. Einmal mit bunten Murmeln spielen und Sandburgen bauen. Manchmal findet er ja auch etwas. Aber es ist immer alles kaputt und oft kommt der große Peter herüber und verlangt alles von Aleso, was er gesammelt hat als Pfand dafür das er

auf der Halde bleiben darf. Einmal hatte er den ganzen Tag nichts gefunden und Peter kam. Als er ihm nichts geben konnte verprügelte er ihn.
So ist das Leben, Aleso. Wenn ich wieder komme und du hast nichts für mich, dann Gnade dir Gott!

Peter zog ab, doch seitdem hat Aleso Angst. Noch mehr als sonst und noch mehr als vorm Hunger, denn er weiß, dass Peter es ernst meint.

Aleso betrachtet die Kerze in seiner Hand und denkt nach. Irgendwie schien ihm heute ein besonderer Tag. Doch warum? Irgend etwas glänzt vor seinen Füssen. Es ist ein alter, kaputter Bilderrahmen. So einer für Fotos. Und plötzlich weiß Aleso warum ihm gerade

so seltsam war. Heute ist sein
Geburtstag. Ja, heute ist sein elfter
Geburtstag. Es fiel ihm ein, weil
damals, als seine Mutter noch lebte,
sie ihm ein Foto schenkte an seinem
achten Geburtstag. Ein Foto, das ihn
und seine Mutter zeigte. Der Vater
war schon lange tot. Starb an
Tuberkulose.

Mama...meine Mama.
Aleso spürt, wie ihm die Tränen die
Wangen herunterlaufen.
Alle haben mich alleine gelassen.
Niemand ist heute bei mir. Niemand...

Doch sagt mir, ihr Möwen, warum lebe
ich denn? Was habe ich denn getan?
Und was hat meine Mama denn getan, da
sie weg gehen musste von mir. Warum
konnte ihr denn niemand helfen, als
sie so krank war?

Die Möwen sitzen wieder auf den
Bergen von Müll und schauen ihn an.
Sie hacken sich oft gegenseitig wegen
dem Futterneid die Köpfe blutig.
Menschen können schlimmer sein, als
Tiere, denkt Aleso.

Was wollt ihr eigentlich immer hier,
ihr Möwen? Ihr seid frei, könnt
fliegen wo immer ihr hin wollt. Ihr
könnt doch am Meer sein, ihr könnt an
einem Fluss wohnen oder auch an einem
See. Warum lebt ihr hier? Wo es doch
im Meer die beste Beute gibt? Ich

habe einmal gelesen, dass es sogar viele verschiedene Arten gibt von euch. Wisst ihr, einmal fand ich ein Buch, das einen kleinen Jungen zeigte, der so arm war, wie ich es bin ,aber er ist heute ein Schriftsteller und schreibt Bücher über Tiere. Meine Mama, nämlich hat mir rechnen und schreiben gelehrt. Weißt du, du Möwe da hinten, sie war auch in einer Schule.

Die Möwen scheinen ihm zuzuhören. Keine gibt irgendeinen Laut von sich.
Seltsam, denkt Aleso.
Die Kerze steckt er in seine Tüte und läuft weiter, noch etwas versunken in seinen Traum einmal selbst in eine Schule zu gehen, einmal in einem Bett zu schlafen und Spielzeug zu haben. Einmal keinen Hunger mehr haben, das ist sein größter Wunsch zu seinem Geburtstag an die Möwen.

Später, die sengende Sonne geht unter, läuft Aleso zu seiner alten Papphütte. Der Plastiksack ist nicht sonderlich schwer, weil er heute so gut wie nichts gefunden hat. Er hat ja auch viel geträumt. Nur gut, dass Peter nicht gekommen war.
Hier in seinem kleinen Zuhause stinkt es nicht mehr so sehr, es ist kühler und ein kleiner Baum schützt etwas. Er nimmt den alten Stofffetzen vor

dem Eingang der Pappe weg und erschrickt. Da sitzt ein großer, schwarzer Hund drinnen und schaut ihn an. Wie vom Blitz gerührt bleibt Aleso still stehen.

Der Hund richtet sich auf und schnüffelt an Alesos Bein. Aleso merkt, wie seine kühle, feuchte Nase ihn berührt. Hm,denkt er. Er ist gesund.

Das weiß er noch von Bello, dem alten Streunerhund, der ihn ab und an besuchen kam. Wenn Hunde solch eine Nase haben, sind sie nicht krank.

Dieser hier war gesund. Trotzdem rührt er sich nicht. Der schwarze Hund setzt sich neben Aleso und schaut ihn an. Aleso schöpft Mut und setzt sich in seinen Unterschlupf. Der Hund legt sich vor seine Füße. Hör mal, sagte Aleso. Du kannst nicht hier bleiben. Das ist nichts für einen so gepflegten und gut genährten Hund wie dich. Du musst jetzt gehen. Bestimmt wirst du schon gesucht. Nun geh...

Der Hund aber bleibt sitzen.
Aber sicher macht man sich schon Sorgen um dich. Nun geh...
Nichts. Er bleibt einfach sitzen und schaut ihn an.

Es wird dunkel. Die Sterne liegen nun über ihnen und Aleso liebt diese Bilder der Nacht. Auch, wenn sicher gleich die Ratten wieder da sein würden. Wenigstens kann er träumen, wie es wäre könnte er auf einem Stern zu Hause sein und keine Sorgen haben. Vielleicht gab es da oben ja auch Himbeereis und jede Menge Schokolade..Wer weiß das schon, denkt er. Vielleicht seine Eltern. Aleso schläft traurig ein.

In der Nacht waren keine Ratten in seiner Nähe. Zum ersten Mal wachte er auf und wusste, dass er durchgeschlafen hatte. Der Hund sitzt

immer noch da und schaut ihn an.
Ich danke dir, Hund. Ich weiß ja nicht wie du heißt. Darum sage ich Hund, aber nun lauf Hund!
Er bleibt sitzen.

Ja,was soll ich denn tun? Du kannst nicht hier bleiben. Du bist kein Straßenhund! Hier wirst du krank und leidest bald an Hunger. Wo wohnst du denn?
Der Hund bellt und wedelt mit dem Schwanz.
Aha, denkt Aleso. Das hat er verstanden. Er überlegt. Was sollte er tun? Schließlich gibt es ja auch Strafen, wenn man einfach einen fremden Hund behält. Also beschließt

er den Hund nach Hause zu bringen.
Komm, zeig mir wo du wohnst. Ich
bringe dich nun zurück.
Der Hund scheint zu lächeln.

Es ist ein weiter Weg. Vorbei an
Fabriken und Häusern. Aleso tun die
Füße weh von den Steinen.Jeder
Schritt ist eigentlich eine Qual.
Vielleicht nach zwei Stunden kommen
sie an. Der Hund bleibt vor einer
Eingangstür eines großen Hauses
stehen und bellt. Aleso klingelt und
heraus kommt eine Frau. Sie ist
vielleicht an die vierzig oder
fünfzig Jahre, sieht recht gut aus
und scheint sehr nett.

Als sie den Hund sieht, ruft sie:Ja,
Benno, mein lieber Benno. Wo warst du
denn? Warum bist du denn ausgerissen?
Noch nie vorher hast du so etwas
deinem Frauchen angetan, aber diese
Möwe ...

Benno winselt, hebt sein linkes
Pfötchen und streicht über Alesos
Bein.
Ja, wer bist du denn? Hast du mir
meinen Benno zurückgebracht? Oh, ich
danke Dir so sehr. Weißt du, Benno
muss Medikamente nehmen.

Aleso ist das alles seltsam. Ein Hund
mit Medikamenten. Das kennt er nicht.

Ja, ihr Hund saß da bei mir und wollte nicht alleine zurück, da hab ich ihn gebracht.

Die Frau sieht ihn an und schweigt. Benno legt sich vor Alesos Füße.

Ja, ich danke dir. Möchtest du nicht hereinkommen und etwas essen, mein Junge? Benno freut sich sicher, wenn du noch bleibst.Nicht wahr, Benno? Und ich möchte dir gerne danken.Bitte komm herein. Benno bellt kurz und weicht keinen Millimeter vor Alesos Füssen.
Aleso weiß nicht so recht. Eigentlich hat er keine Zeit mehr. Er muss noch auf die Halde. Aber für Benno kann er eine Ausnahme machen.
Ja, gut, für Benno tue ich es.

Der Junge traut seinen Augen nicht. Er kennt dies alles nicht. Das Wasser, welches aus der Leitung kommt. Diese Möbel und das jemand einen Kühlschrank hat, in dem man etwas zu essen lagert. Diese Uhr an der Wand, die mit ihren Pendeln hin und her schaukelt und als er nach Benno sieht, da läuft der gerade in ein anderes Zimmer. Aleso geht ihm nach. Die Frau ist noch in der Küche und macht ihm etwas zu essen.

Benno läuft in ein Kinderzimmer. Überall sitzen kleine Teddys, stehen Autos und alles ist bunt.

An der einen Wand, da steht ein Kinderbett mit einem Clown darüber... an der Wand gemalt.
Wie schön, denkt Aleso. Aber wo ist das Kind?
Er schaut Benno an und setzt sich zu ihm, streichelt ihn und schläft schließlich an seinem kuscheligen Fell ein.

Als er erwacht sitzt diese Frau auf dem Boden neben ihm und sie musste wohl schon eine ganze Zeit lange da gesessen haben. Sie sieht ihn an.

Weißt du, einmal hatte ich einen kleinen Jungen, so wie du einer bist. Aber er ist weggegangen.
 Weggegangen?
Ja, mein Kleiner. Er ist jetzt da, wo die kleinen Sterne auch sind.

 Oh, das kenne ich. Meine Eltern wohnen da auch, wissen Sie?
 Aleso fühlt sich mit ihr auf einmal so verbunden. Es versteht ihn jemand.
 Jemand kennt diese Gefühle.
 Ja, hast du denn keine Eltern mehr? Und wer passt denn auf dich auf? Bist du alleine?
 Ja, das bin ich. Mama und Papa sind bei den Sternen.
 Aber wo wohnst du denn?
Ich wohne da hinten. Etwas weit weg von hier neben der Müllhalde. Ich muss jetzt gehen.

Aleso steht auf und sieht sich noch einmal nach Benno um.
Er ist ein Lieber, wissen Sie. Passen Sie nur gut auf ihn auf.
Die Frau nickt.

Ja, ich weiß auch nicht warum er ausgerissen ist. Sonst kenne ich das gar nicht, aber eine Möwe hat ihn beinah verrückt gemacht, schwirrte immer wieder über seinem Kopf herum und es schien sie lockte ihn förmlich irgendwohin. Das war sehr seltsam, weißt du? Benno ist sonst so ruhig. Aber ich konnte ihn auch nicht halten. Sonst kann ich ihn eigentlich immer für kurze Zeit allein vorm Haus lassen.
Aleso überlegt.Ja, auch ich wunderte mich über diese Möwe. Eigenartig.

Wissen Sie... Gestern fand ich eine Geburtstagskerze und da fiel mir ein,

dass ich Geburtstag hatte und dabei wünschte ich mir von den Möwen etwas. Meinen sie, das war eine davon?

Die Frau schluckt. Ihr geht das alles so nahe, dass sie sich wegdrehen muss, damit er ihre Tränen nicht sieht.
Alles scheint ihr wie eine Fügung. Benno, das Kind von der Müllhalde und nun auch noch dass er Geburtstag hatte und auch noch an diesem Geburtstag ihres verstorbenen Kindes.

Sie kann ihn nicht mehr einfach so weg lassen. Er ist ganz alleine auf dieser Welt und noch so klein.

Er ist so dünn und sie sieht auch auf seine Füße. Sieht seine angefressene Zehe. Ihr Herz krampft sich zusammen. Sie glaubt dies alles nicht auszuhalten. Und er hat solche lieben Augen...und dann Benno.
Nein, das würde sie nicht zulassen. Der Junge musste vorerst bei ihr bleiben. Natürlich nur wenn er wollte.
Sag, wie heißt du denn?
Aleso.
Aleso. Möchtest du nicht ein wenig hier bleiben. Vielleicht ein paar Tage? Du kannst gehen,wann immer du möchtest. Aber ich würde mich sehr freuen und Benno sicher auch, wenn du da bleibst. Gleich bringe ich dir etwas zu essen. Du kannst hier in

diesem Zimmer schlafen und spielen.

Aleso weiß nicht so recht. Was soll er davon halten. Denn er kennt diese Frau ja nicht.
Bitte Aleso...sagt sie.
Darf ich denn mit den Autos da spielen?
Ja, das darfst du. Alles was hier ist, darfst du auch benutzen.
Ja, gut. Ein paar Tage.

Aus den paar Tagen wurden viele Jahre. Aleso hatte wieder ein Zuhause. Benno wurde sein bester Freund, die Schule war sehr zufrieden mit ihm und eines Tages sah man ihn wie er seine Geschichte niederschrieb. Er war nun Schriftsteller und ab und an brachte er den Möwen Brotreste. Doch nie fand er diese eine, die ihm ein neues Leben schenkte und seinen größten Wunsch erfüllte an jenem Tag...

Später schrieb er ein Buch über Möwen und über Sterne.

Andersstern schluckte...und Tränen rannen an ihren Federn über die Sternentupfer hinunter in den Sand. Sogleich nahm das Meer diese bitteren Tropfen an sich und ummantelte sie mit einem Brausen.

Alle Tränen sind auch meine...sie kommen und gehen. Kommen aus den vielen Herzen und Seelen und gehen mit der Sonne in den Himmel zurück, mit dem Wind treiben sie in den Wolken bis sie irgendwann niederregnen.

Du warst damals jene Möwe, die dem kleinen Jungen ein neues Leben geschenkt hat, indem du den Hund zu ihm gelockt hast. Durch dich wurde für einen kleinen Menschen alles gut.Heute besucht er jene Halde ganz oft und gibt vielen Kindern dort, die so wie er einst dort leben müssen, ein neues Zuhause.Ja, sogar ein Haus hat er gebaut. Dort leben einige, bis sie eine neue Familie bekommen. Und weißt du was? Auch den dort wohnenden Hunden hilft er. Er nimmt sie auf und sorgt für sie. Alles das hast du damals möglich gemacht. Du hast ein gutes Herz und eine weise, alte Seele Andersstern.

Deine Mutter nannte dich so...und wusste das du ganz besonders bist.

Ja, das sagte sie, gab die Möwe zurück. Sie sagte es sei eine Fügung.

Ja, sagte das Meer. So ist es. Kannst du dich nun an Aleso erinnern?

Nein, noch nicht...bin ich also wiedergeboren?

Das macht nichts, sagte das Meer. Es gibt sogar noch so einige andere Möwen, die du sind. Du bist mit allen verbunden durch die anderen Welten. Du bist sie und sie sind du. Manchmal wechseln sie von der einen zur anderen Welt. Das passiert, wenn etwas ganz Furchtbares passiert ist oder wenn die eine Seele hinüber in das Ewige geht. Jeder ist also für jeden verantwortlich, kleine Möwe. Manchmal entstehen einen kurzen Augenblick klitzekleine Bewegungsunterschiede...dann erfährt die eine Möwe die Zukunft der anderen in der Parallelwelt und wundert sich dann, wenn es tatsächlich so eintritt.

Schau, ich habe einmal von einem Wurm erfahren, der einst ein bösartiger Mensch war.Schon als kleiner Junge quälte er immer wieder andere Geschöpfe.Sogar als alter Mensch hörte er damit nicht auf. Als er dann starb fand er sich als Wurm unter der Erde wieder und musste alles das erfahren, das er anderen Lebewesen einmal angetan hatte. Vor allem, wie es sich anfühlt hilflos dieses Schreckliche über sich ergehen zu lassen. So viel zu deiner Frage, ob du wiedergeboren bist.

Ja, glaubst du diesen Wurm gab es wirklich? Andersstern war sehr beeindruckt.

Aber ja...da ich überall bin und alles sehe und höre kannte ich auch diesen Menschen, der zum Wurm wurde.Ich darf ja nicht so viel verraten, aber denk dir einmal es wäre so: Jeder wird einmal das, was er am meisten verachtet oder gequält hat. Tat er das nicht und schenkte eher Liebe, dann blieb er auch eine gute Energie, die alles weiterhin bereichert. Ende offen...alles ist Wandlung.

Liebes Meer, deine Welle ist ja immer noch wie eine Wand mitten in dir aufgestanden. Wie kann das denn sein? Da du doch stetig in Bewegung bist.

Da ließ das Meer ihre Welle in sich zusammensacken und wehte der Möwe etwas Schaum an ihre Füße.

Es ist erstaunlich, sagte das Meer. Was du alles siehst. Aber ich habe nur einmal kurz eine Welle größer geformt. Die Zeit ist eine Täuschung, die dein Geist formt.

Also gibt es keine Zeit?

Ja und nein...es kommt immer darauf an, von welcher Seite man etwas betrachtet. Es gibt sie, wenn dein Geist es so will und es gibt sie doch wieder nicht, weil sie dann ja nur durch Einbildung existiert.

Aber wie kommt es dann, dass geboren und gestorben wird?, sagte Andersstern.

Das ist nur eine Wandlung. Schau einmal... alles wird angetrieben von Prozessen der Energie in dir, ja in allem was existiert. Alles wandelt sich miteinander, tauscht sich aus.

Aber es bleibt im Großen und Ganzen doch auch ein Rest von Geheimnis.

Geheimnis?, sagte die Möwe.

Hungernde Kinder dürfte es nicht geben

Ja, gab das Meer zurück.Es werden immer Dinge und Begebenheiten nicht erklärbar bleiben, denn der Mensch will ja immer alles erklärbar und möglichst in Statistiken und Tabellen gepresst haben.So aber ist das Leben nicht.Es gibt manche Dinge,die dem Menschen zum Glück verborgen bleiben. Der Mensch ist ein Entdecker und manches ist wirklich gut, aber vieles ist leider eher schädigend.Einiges entwickelte sich in Richtungen, die nicht gut endeten. Zum Beispiel das Geld. Einst ein Tauschgeschäft und an sich eine gute Sache, heute regiert und unterdrückt Geld die ganze Welt und bestimmt wem es gut gehen darf und wem schlecht. Es hat schlechte Eigenschaften derer hervorgeholt, die anfällig und schwach dafür waren. Damit großen Schaden angerichtet in der Menschheitsgeschichte. Siehst du, es

gibt so viele Kinder, wie Aleso. Das dürfte es nicht geben. Überhaupt dürfte es keine Kinder geben, die Hunger leiden.

Die Möwe sah auf ihre Füße zum Schaum, der sich darum gewickelt hatte. Als wäre es ein Stück verzauberter Stoff, den man sah, aber kaum spürte. So unendlich leicht.

Ich verstehe, was Hunger bedeutet, denn ich selbst bin hungrig. Und langsam tut es sogar weh.Es schmerzt.

Ja, sagte das Meer. Hunger kann sehr weh tun. Es gibt auf dieser Welt viele, die hungern und andere werfen ihr Essen weg, was dann auch auf Müllhalten landet.Oder man verfüttert es an die Tiere...man könnte meinen, Hungrige werden schlimmer behandelt, als Tiere. Dabei leiden ja auch die Tiere, denn auch sie werden wieder zu Nahrung. Beinah alle von ihnen leben kurz und leiden dieses kurze Leben unsagbar grausam.
Ich möchte nicht darüber nachdenken, wenn es doch die Wiedergeburt geben

sollte, was es dann bedeutet andere
Lebewesen zu verspeisen.

Der alte Mann und das Lied der Liebe

So oder so, sagte das Meer.Nun sieh
nur...da hinten kommt wieder der alte
Mann. Ihn kenne ich auch schon ewig.
Allerdings nicht so lange, wie dich.

Er kommt damit ich ihn tröste und
stellt doch immer wieder die gleichen
Fragen: Wo ist sie? Was ist passiert?

Ich riesele mit meinem Rauschen durch
alles hindurch, wie der Wind seit
Äonen alles weiterträgt, leben oder
sterben lässt. So höre ich auch jeden
Herzschlag dieser Welt.

Unsere Herzen komponieren jedes für
sich und doch letztendlich ein
Gesamtmeisterwerk.

Du,ich habe Hunger, klagte
Andersstern. Also was kann ich
fressen?
Dann flieg zur nächsten Müllhalde,
oder warte, bis ein Mensch vielleicht
Brotkrumen für die Vögel
mitbringt.Eigentlich ist das nicht
gut für die Vögel aber die Menschen
tun es dennoch immer wieder.
Entscheide selbst,was du fressen
willst. Aber verspeise keine anderen

Wesen, sagte das Meer, denn all ihre schreienden Rufe würdest du mitessen und sie hallen in jeder einzelnen Zelle weiter...Tag und Nacht...ewig..., sagte das Meer.

Nein, nein, gab die Möwe zurück. Das würde ich nicht tun. Schon bei dem Krebs war mir das nicht geheuer.

Eine Frage habe ich noch. Was ist dem alten Mann widerfahren?

Er war vor vielen Jahren mit seiner Freundin hier bei mir. Zunächst war alles gut und sie lachten, küssten und umarmten sich. Dann auf einmal begannen sie zu streiten. Sie ging allein nach Hause, doch da kam sie nie an. Fünfunddreißig Jahre ist das nun schon her und der alte Mann...er wird nun bald sterben. Beinah jeden Tag kommt er und will von mir wissen, was mit seiner Freundin damals passierte.Dazu singt er ganz leise eine traurige Melodie und nennt sie das Lied der Liebe. Dann lege ich sanft meine Musik in seine Ohren,und tausche sein Lied mit meinem, krieche in sein Herz und streife ihm mit meinem Schaum über seine Füße. Bald...bald wird es wohl das letzte Mal sein.

Und weißt du was damals passierte?

Andersstern war sichtlich gerührt.
Ja, antwortete das Meer. Ich weiß es.
Doch es bleibt mein Geheimnis und es
muss auch so sein, denn ich darf mich
nicht zu weit einmischen.

Aber lebt sie noch oder nicht?,
wollte die Möwe wissen.

Ja, sie lebt, sagte das Meer.Sie hat
ihm schon viele Briefe geschrieben,
die sie jedoch nie abschickte. Der
Wind hat es mir erzählt.

Oh, wie traurig,denn dann wird ja der
alte Mann sterben ohne das er das
weiß.

Ja, so wird es wohl sein. Es sei
denn...

Es sei denn was?, fragend und nun
ganz unruhig zappelte die kleine Möwe
von einem Füßchen auf das andere.

Es sei denn DU kannst es ihm
irgendwie mitteilen.

Aber wie mache ich das?

Das finde heraus, kleine Möwe. Ich
muss nun wieder gehen...mich
zurückziehen.Es ist Zeit. Bis bald,
mein Sternenfreund.

Die Möwe überlegte. Zuerst musste sie was fressen und wollte gerade starten, da kam doch tatsächlich jener alte Mann und holte eine Tüte aus seiner Jackentasche hervor. Schob eine Hand hinein und streute in Richtung Andersstern ein paar Brotkrumen.

Oh, was war das für ein Schmaus. Aber die Möwe bekam davon Bauchweh und krümmte sich. Kein Wunder auch, denn erstens war sie ausgehungert und zweitens ihr Magen derartiges Futter ja nicht gewohnt. Sie setzte sich in den Sand. Da kam der alte Mann näher und begutachtete Andersstern.

Na,was haben wir denn da? Geht dir wohl nicht gut? Was mache ich denn nun mit dir? Überhaupt...ich sehe es erst jetzt vom Nahen, denn meine Brille liegt noch daheim...du siehst ganz anders aus. Noch nie sah ich eine solche Möwe, wie dich. Unglaublich...

Da wollte er die Möwe streicheln, doch Andersstern war das nicht geheuer und zuckte zurück. Aber ihr Schmerz war zu groß, als dass sie weg fliegen hätte können.

Da macht der alte Mann einen weiteren Versuch. Na komm, sagte er. Nun hab doch keine Angst. Du bist wohl eine kleine Zaubermöwe. Ich will dir helfen. Offenbar geht es dir schlecht. Ich nehme dich mit zu mir. Dort hinten wohne ich. Ist nicht weit.Dort kannst du dich in meiner kleinen Holzhütte erholen. Früher war ich einmal ein Fischer. Aber das habe ich irgendwann aufgegeben, denn mir ist da eine unglaubliche Geschichte passiert.

Es war nämlich so, dass ich eines Tages zum Fischen hinaus fuhr. Mein Kutter tuckerte durch den Sonnenaufgang und irgendwann warf ich mein Netz aus. Dann wartete ich und fuhr zunächst wieder nach Hause. Am nächsten Tag fuhr ich wieder in aller Frühe raus und wollte das Netz einholen, als plötzlich mitten im Aufrollen ein Strudel vor meinem Boot entstand, der immer größer und bedrohlicher wurde.Schon dachte ich, bald würde mein Kutter samt mir hinein gezogen, da tauchte aus der Mitte auf einmal ein Lichtstrahl auf und schob sich immer weiter nach oben, dann fiel er zu Seite und wurde ein riesiger Regenbogen und unter ihm sah ich etwas schwimmen. Nicht genug damit, mir zitterten gehörig meine Beine,tauchte darunter ein Wesen auf und sagte: Fischer lass das

Fischen...nimm deine Begabungen und
lebe sie.

So kam es also, dass ich zu malen
begann.Die Leute sind ganz verrückt
nach meinen Bildern. Auch darum, weil
meine Fragen, Sorgen und Sehnsüchte
darin zu sehen sind. Ja, ich habe
sozusagen mein Leben darin
verpinselt. Auch meine Trauer...ja,
kleine außergewöhnliche Möwe.Wenn ich
nur wüsste, was damals mit ihr
geschah...Ich werde es wohl nicht
mehr erfahren. Kannst du dir
vorstellen, wie es ist viele Jahre
keine Antworten zu bekommen, nicht zu
wissen, was mit dem Menschen, den man
liebt, passierte. Du nicht weißt, ob
er noch lebt, oder nicht.

Dann seufzte er laut, der alte Mann,
und versuchte dann die Möwe
aufzuheben.

Die jedoch war so gerührt, dass sie
sich nicht widersetzte und so kam es
das Andersstern ab da bei dem alten
Mann wohnte.

Bald ging es ihr besser und sie
drängte es nach
Draußen...fliegen...Freiheit und vor
allem weiter nach einer anderen Möwe
suchen, die wie sie war.Doch erst
musste sie irgendwie dem alten Mann

begreiflich machen, dass seine Liebe noch lebte. Nur wie?

Also begann Andersstern, wenn der alte Mann unterwegs war, nach Draußen zu fliegen, um kleine Kieselsteine zu sammeln, die um die Hütte herum verstreut lagen. Gleichzeitig lernte sie von den Zeitungen des Alten die Menschenschrift und konnte recht bald schon etwas lesen. Der Mensch freilich ahnte davon nichts, der wunderte sich nur über seine kleine neue Bewohnerin und längst sah er in ihr einen Freund. Oft las er der Möwe was vor, und meinte manchmal sie verstünde ja doch irgendwie ein wenig. Wenn er nur wüsste...

Tiere sind mehr, als die Menschen sich denken, dachte Andersstern.

Als sie eines Tages so weit war, da legte sie mit ihrem Schnabel die Kieselsteine zu einem Herz und dann noch ein paar zu Worten: Liebe lebt. Sie lebt.

Als der alte Mann das sah, da begriff er zunächst nicht, was das bedeuten sollte und überhaupt, er dachte er würde nun ja seinen Verstand verlieren, denn Möwen könnten so etwas nicht. Auch keine Zaubermöwen.

Und doch...es blieb ja dabei. Die Möwe wollte ihm was sagen. Liebe lebt...sie lebt...

Da sackte er zusammen...und bekam keine Luft mehr. Auf einmal, als würde er tausend Kilo an Schwere von seiner Brust verlieren, dort, wo das wehe Herz saß, verstand er: Sie lebte...die Möwe musste es ja wissen. Schließlich ist es eine Zaubermöwe.

Wie von Sinnen rannte er zum Strand, rannte, als wäre er nicht beinah vorm Sterben, am Meer entlang und wusste selbst nicht, woher auf einmal die Kraft und Energie kam. Nur eines wusste er...ja, er spürte es endlich wieder...sie lebte.

Er rannte und rannte und als wäre es nicht schon genug an Aufregung für ihn gewesen, da rannte er in seiner grenzenlosen Freude bald eine Frau um, die ihm entgegen kam.

Die Liebe lebt

Sie war es...sie war es. Sie lebte. Beide waren sie gealtert und doch konnte sie nichts verfremden, denn wie ein Wunder zog die Liebe sie Herz an Herz und Seele an Seele zusammen.

Sie war nach vielen Jahren wieder

einmal hier...immer auch ein paar ihrer Briefe an ihn unterm Mantel. Mittlerweile in zittriger Schrift geschrieben. Irgendwas und irgendwie spürte sie an jenem Tag: Es wurde Zeit noch einmal zum Meer zu gehen, an jenen Strand.Dort, wo sie sich einst im Streit trennten.

Die Möwe hatte alles mit angesehen und freute sich. Ja, es war ihr gelungen...ach, wie tat es gut Gutes zu tun. Da flackerten in ihr Bilder von Aleso auf und da war von einem Moment auf den anderen alles wieder da. Oh, wie tat ihr damals der Kleine so leid.

Ihr Federkleid begann zu schimmern und blinkte bis zum Horizont.Sie spürte ein unglaublich schönes Gefühl. War es das besagte Glück?

Sie nahm Anlauf und flog Richtung der Halde von damals, danach zum Haus, indem Aleso wohnte. Ein weiter Weg...viele Flugkilometer.Nun verstand sie auch, was damit gemeint war: Sie sei besonders und hätte Aufgaben. Zudem wurde ihr klar: Ihre Mutter würde sie wiedersehen. Da wusste sie...ja, es war Glück. Ein Glück so zu sein und ein Glück anders zu sein.
Von oben sah sie noch die zwei alten

Menschen, die sich immer noch umarmten und jeder dem anderen auf die Schulter weinte.

Aleso, Benno und das Wiedersehen
Vom unsichtbaren Band der Liebe

Lange, lange flog die Möwe in ein anderes Land, bis sie schließlich das Haus sah, in welchem Aleso damals wohnte. Ob er wohl immer noch dort war oder wohnte er woanders? Benno jedenfalls war sicher nicht mehr da, sondern hatte längst die Welten gewechselt.

Andersstern setzte sich auf den Gartenzaun und versuchte etwas zu sehen. Einige Augenblicke dauerte es, dann öffnete sich die Haustüre und heraus trat: Aleso und Benno? Die Möwe erkannte Aleso sofort wieder, doch Benno...nein, das konnte nicht sein.

Sicherlich ein Hund, der ihm ähnlich sah.

 Da rief Aleso seinen Hund. Benno, komm...gehen wir. Dieser kam angerannt und bellte sofort in Richtung von Andersstern. Da schaut Aleso zur Möwe und blieb wie angewurzelt stehen. Regungslos aber sein Herz fühlte sich wie ein Dampfmotor an, der ins Stocken kam.

Nach einiger Zeit sagte er: Ja, ist das denn möglich, Benno? Schau doch...wie die Möwe aus meiner Kindheit. Jene, welcher ich mein besseres Leben zu verdanken habe.Ihr und Benno...deinem Vater.Ihr habt mich zu meiner neuen Mama gebracht, wie ein Wunder...ein Zauber, als wäre alles in einer anderen Welt geschehen. Oder sagen wir, es fühlte sich anfangs sehr unrealistisch an, als hätte ich geträumt. Es dauerte damals einige Zeit, bis ich es wirklich begriffen hatte...Es gibt viele dieser Möwen, doch nur bei dieser spüre ich tiefste Verbundenheit und nur eine sah so wundersam und anders aus.Darum weiß ich...sie ist es und nach so langer Zeit besucht sie mich.

Andersstern hatte natürlich alles gehört und ihr Herz sackte zusammen, denn alle Bilder kamen in ihr hoch. Die schlimmen Füße, die Halde...das Elend.

Aleso ging langsam und bedacht einen Schritt auf die Möwe zu und rechnete schon damit, dass sie weg fliegen würde. Doch zu seiner Überraschung blieb sie sitzen.

Liebe Möwe, ich danke dir. Ich habe nie aufgehört an dich zu denken. Du bist zu besonderen Dingen fähig. Bist anders und doch eine von den deinen. Ich verstehe...du bist allein. Sonst seid ihr nie allein,sondern immer so viele. Ich denke, weil du so anders bist, haben sie dich verstoßen. Und nun, da du wieder bei mir bist staune ich umso mehr, denn keine andere sieht so aus, wie du. Irgendwann fand man vor einigen Jahren eine wie dich - leider tot. Ich hörte davon und trauerte sehr, doch ich wusste auch, so ein Zaubervogel würde eines Tages zurückkommen. Das muss ja so sein.

Liebe Möwe...ich schreibe und studiere die Möwen und die Sterne der Welt und nie fand ich eine, wie dich. Es war mir immer so, als wärst du nie weg gewesen, sondern eher, als gäbe es mehr als das was wir sehen und wahrnehmen. Ich habe fest daran geglaubt und nun auf einmal bist du wieder da. Du könntest auch eine andere Möwe sein, die dir ähnelt, doch mein Herz sagt mir: Du bist es. Wie es möglich ist...die Wissenschaft will dieses und anderes erklären, doch das ist nicht alles.Einst dachte man ja auch die Erde sei eine Scheibe. Es ist so vieles im

Verborgenen. Manchmal gelingt es mit offenem Herzen etwas von dem Unsichtbaren zu erfassen. Das überwältigt mich jedes mal. So, wie gerade.Ja, unser Herz macht Unsichtbares sichtbar, macht es fühlbar.

Da nahm er seine Hand und hob sie vorsichtig zur Möwe, um sie zu streicheln. Andersstern kannte dies ja von dem alten Mann und ließ es zu.

Oh, du...sagte Aleso. Wie wunderbar allein dein Federkleid sich anfühlt. Als würde man nicht einen Vogel streicheln, sondern seine Hand tief zu unbekannten Welten strecken und als würden sie Millionen von Sternen zärtlich streicheln.Das ist das Leben...liebe Möwe und die Liebe.Und was habe ich nur für ein Glück.

Benno konnte nur noch staunen und wartete geduldig auf seinen versprochenen Spaziergang.

Andersstern schmiegte sich kurz noch einmal an Aleso's Hand, dann flog sie weiter.

Wohin genau...sie wusste es nicht.Sie flog und flog immer noch in der Hoffnung eine andere Sternenmöwe zu finden.

So flog sie über Wälder, flog über Berge und Täler und kam doch immer wieder zum Meer zurück und in die Nähe des alten Mannes.

Die Taube

Eines Tages, sie flog gerade wieder über einen Wald nahe des Meeres und nahe des alten Mannes, da hörte sie ein jämmerliches Klagen aus ihm heraus.

Neugierig flog sie nach unten - diesem Wimmern folgend und landete schließlich vor den Füßen einer weißen Taube.

Diese jedoch hatte Angst vor Möwen und versuchte wegzufliegen, was ihr aber nicht gelang, denn sie hatte sich in einem Brombeerdickicht am Boden verhangen.

Geh weg,sagte sie zu Andersstern.

Was ist mit dir?, gab die Möwe zurück? Ich hörte dich sogar bis zum Himmel klagen und wurde neugierig, wer da wohl einen derart schlimmen Kummer haben muss. Hab keine Angst.

Die Taube zitterte. Ich sitze hier schon seit Tagen. Habe mich verfangen, weil ich Hunger hatte und kam hierher, weil mich die Menschen zu ihrer Hochzeit kauften, um mich dann mit ihren Händen in den Himmel zu werfen. Sie vergessen aber dabei, dass wir Hochzeitstauben oftmals nie vorher in der Freiheit waren. Viele sterben dann.

Ich irrte tagelang am Himmel herum und bekam Hunger. Dann eines Abends spürte ich auf einmal etwas Hartes an meinem Flügel und stürzte ab...hierher. Ich versuchte nach meinem Flügel zu sehen und breitete sie aus. Das war ein Fehler, denn seitdem sitze ich hier fest. Ich konnte zwar ein paar Beeren fressen, doch mich nicht befreien und hatte schon damit Frieden geschlossen bald zu sterben.

Die Möwe fühlte sich auf einmal sehr verbunden mit der Taube und erkannte sich ein wenig selbst in ihr. Dieses Hineinwerfen in das Leben, ohne zu wissen, was es eigentlich bedeutet...das Hungergefühl und auch das Gefühl der Hilflosigkeit kannte sie nur zu gut.

Welch seltsam tiefes Gefühl ergriff sie auf einmal. Da wusste sie: Sie hatte einen Freund gefunden.

Ich verstehe dich nur zu gut, kleine

Taube, denn auch mir erging es einmal ähnlich und es ist noch nicht lange her, dass auch ich in die Welt voller Fragen, Sehnsüchte und Unsicherheiten blickte.

Komm, ich helfe dir dich zu befreien und dann schauen wir nach deinem Flügel.

Es war beschwerlich die offenbar verletzte Taube aus diesem Wirrwarr zwischen Dornen und Schlingen der Pflanze zu befreien. Schließlich gelang es doch. Andersstern schaute nach dem Flügel. Die Taube blutet ein wenig und es war deutlich ein kleines Loch zu sehen. Offensichtlich hatte man also auf sie geschossen. Schlaff und kraftlos hing der Flügel nach unten. Die Taube konnte ihn nicht bewegen. Da hatte die Möwe eine Idee.

Warte hier, sagte sie.Ich hole Hilfe.

Gut,gab die Taube zurück. Aber vergiss mich nicht. Hoffentlich frisst mich kein Tier auf oder tötet mich ein Mensch. Ich kenne sie zwar nicht, diese Menschen, aber da ich nun weiß, dass sie auf Tiere schießen habe ich Angst.Sie mögen wohl auch keine Tauben. Ich frage mich nur, warum sie uns dann zum Bund der Liebe, ihren Hochzeiten in die Lüfte

werfen, wenn sie uns doch hassen.
Kann man diese Welt verstehen? Kann
man die Menschen verstehen?

Wenn ich wiederkomme, liebe
Taubenfreundin, dann bringe ich Hilfe
mit und das ist ein Mensch. Fürchte
dich nicht...ich kenne ihn.Er ist
friedlich und würde niemals einem
anderen Wesen etwas antun.Oder sagen
wir einmal so...er hat gelernt und
wurde weiser.

Die Taube aber fürchtete sich dennoch
und dachte für sich - hoffentlich
irrt die Möwe da nicht.

Nicht alle sind so...

Nicht alle Menschen sind so, kleine
Taube...nicht alle...und dann war die
Möwe auch schon am Himmel und bald
nicht mehr zu sehen.

Andersstern flog zur Hütte des alten
Mannes und hoffte, er würde ihre
Zeichen, wie einst Aleso, verstehen
und ihr zur Taube folgen.

Also flog sie und flog wieder und bei
allem Kräfteschwund, den sie spürte,
spürte sie auch dieses herrliche
Gefühl der Freiheit...diese Wolken
über ihr, die Luft und den Wind, der
sie trug. Manchmal allerdings musste

sie auch gegen ihn ankommen und das erschöpfte sie sehr, doch bald schon drehte sie der Urahn allen Lebens und trug sie wieder wie auf unsichtbaren Händen.

So flog sie bereits wieder seit Stunden.Hoffentlich, so dachte sie, hielt die Taube durch und es geschah ihr nichts. Hatte sie in ihr doch endlich einen Freund gefunden und fühlte sich nicht mehr so allein.

Die Rückkehr zur Hütte des alten Mannes

Als die Möwe endlich an der Hütte ankam, da war sie verschlossen und ein Schild hing daran.Achtung Baustelle, stand darauf. Die Möwe hatte ja gelernt zu lesen.

Oh...was hat das zu bedeuten? Wo ist der Alte denn? Wohnt er nicht mehr hier und was bedeutet – Baustelle?

Auch die Fenster waren mit Brettern zugenagelt. Der Möwe wurde eigenartig klamm und traurig im Herzen.

Was war geschehen? Sie flog hinunter zu Meer.

Meer...du Ewiges...du bist stetig im Kreislauf. Bitte sag mir was ist mit

dem alten Mann geschehen und wo ist er?
Das Meer hatte die kleine Möwe längst entdeckt, denn es sah ja sowieso alles. So sprach es: Kleine Möwe Andersstern, der alte Mann war schon sehr alt und nachdem er seine Liebe nach all den Jahren endlich umarmen durfte und wusste es war doch alles wieder gut, da hatten sie noch ein paar schöne Tage zusammen. Du kannst dir nicht vorstellen, wie glücklich sie waren. Jeden Tag saßen sie bei mir und schauten die Sonnenuntergänge an. Sie hielten dabei wie frisch Verliebte ihre Hände und danach gingen sie zusammen in seine Hütte. Eine Zeit lang ging das so. Du warst schon einige Tage unterwegs, kleine Möwe und er vermisste dich sehr. Auch erzählte er ihr von dir. Umso mehr liebte sie ihn für sein großes, liebes Herz.

Dann kamen sie ein paar Tage nicht mehr und bald darauf bekam ich die Botschaft, dass man sie nebeneinander liegend Hand in Hand tot in der Hütte auffand.

So glücklich starben sie. Ihre Gesichter waren voller Liebe und völlig entspannt. So gingen sie in die Wandlung und halten sich nun ihre Seelen weiter woanders die Hände – in alle Ewigkeit. Selbst, wenn sie sich verlieren sollten und würden wieder in diese Welt geboren, so würden sich ihre ewig verbundenen Seelen suchen und bis sie sich gefunden hätten, immer ein Gefühl der Unvollkommenheit spüren,ein Gefühl der Suche und manche berichten von einem Gefühl des Ankommens, das sie vermissen würden.

Ja, so war das. Siehst du, das ist der Lauf des Lebens.

Darum litt der alte Mann auch so sehr unter dem Verlust seiner Freundin – denn es ist immer auch ein Wunder, wenn sich zwei Seelenverwandte begegnen und zueinander finden, wenn das Universum dieses Band der Liebe zu ihnen führt und sie es ergreifen und verknüpfen.

Nun aber sag...warum suchst du den alten Mann?

Ich wollte ihn um Hilfe bitten und zur verletzten Taube führen. Nicht sehr weit von hier liegt sie und wartet auf meine Rückkehr. Ich hatte gehofft, der alte Mann könnte sie,so wie einst mich, gesund pflegen und das sie Freundschaft schließen.

Und nun? Jetzt ist er tot.Wie kann ich der Taube nun helfen?

Da sprach das Meer...siehe da hinten, da kommt ein kleiner Junge. Er kommt mich jeden Tag besuchen und ist auch anders. Liebt das Alleinsein und ist sehr verträumt. Er hat ein gutes Herz und hat auch schon Schlimmes erlebt. Nicht so, wie Aleso, anders...aber das kann er dir ja einmal selbst erzählen. Ich weiß nur, dass er die Sprache aller Lebewesen versteht und das er darum schon recht zu leiden hatte, denn man glaubt ihm das nicht und lacht ihn aus. Er spürt mehr, als andere und ist verletzlicher und einfühlsamer. Solche Menschen haben es nicht leicht gegenüber dem ganzen Rauen und Oberflächlichen. Flieg zu ihm und erzähle von der Taube.Er wird dir helfen.

Danke, du weises Meer, sagte Andersstern und flog auch schon zu dem Kind.

Tom, der anders ist

Das hatte von Weitem schon die Möwe entdeckt und durch den Wind manche Wortfetzen vom Gespräch gehört.

Hallo kleine Möwe...wie schön du bist und so zart wirkst du, sagte das Kind. Ich heiße Tom und wie heißt du?

Man nennt mich Andersstern, sagte die

Möwe. Ich möchte dich um etwas bitten. Nicht sehr weit von hier wartet eine Freundin auf Hilfe und ich versprach ihr, dass ich wiederkomme zu ihr. Sie hat eine Verletzung am Flügel. Menschen haben auf sie geschossen und da ist sie vom Himmel in einen Beerenbusch gefallen. Daraus ist sie befreit, doch sie ist zum Fliegen zu schwach.Bitte hilf uns, Tom.

Tom überlegte. Ja, sicher, er würde der Möwe folgen und der Taube helfen. In seinem Baumhaus wäre doch Platz um die Taube gesund zu pflegen. Niemand kam dahin. Es war sein Versteck und dorthin ging er, wenn sie wieder einmal über ihn lachten, weil er zum Beispiel einer geschwächten Hummel half und sie auf eine Blüte setze, oder wenn er Schnecken am Häuschen nahm und sie vor dem Überfahren rettete.

Also folgte er der Möwe und es dauerte schon einige Stunden, bis sie endlich ankamen. Die Taube rührte sich aber nicht mehr.

Bitte, Freundin, bitte komm doch zu dir. Ich bin zurück und habe Hilfe mitgebracht.Sieh nur...ein Kind. Es ist so anders, wie du und ich.So sind wir schon drei Freunde. Bitte wach doch auf...Die Möwe wurde ganz verzweifelt.

Da nahm das Kind die verletzte Taube in seine Arme und streichelte und massierte ihr vorsichtig das Herz, bis die Taube wieder zu atmen begann und die Augen aufschlug. Sie erschrak sich, da sie in das Gesicht des Kindes blickte, war aber viel zu schwach, um sich zu wehren. So gab sie sich den Händen des Kindes hin und dieses nahm sie und machte sich zusammen mit Andersstern auf den Weg zum Baumhaus.

Das Baumhaus

Dort angekommen holte Tom den alten Oskar von nebenan zu Hilfe. Der war früher einmal Krankenpfleger und kannte sich einigermaßen aus. Auch war er der einzige, der ihm glaubte, das er die Sprache der Tiere und Pflanzen verstand. Ja sogar des Meeres, wie er nun erlebt hatte.

Oskar sah sich die Wunde der Taube an. Ach es ist eine Schande, sagte er. Warum nur sind viele Menschen so? Warum achten und respektieren sie nicht was mit ihnen lebt. Der Mensch wird noch einmal alles zu Grunde richten mit seiner Arroganz.

Da flog eine Elster zum Baumhaus. Sie hatte alles mit angehört. Ja, sagte sie zu Tom...die Taube hat es erwischt... auch uns Elstern mag man nicht wirklich. Vielen Tieren geht es so und auch die Bäume oder Blumen haben zu leiden.

Also, ich sehe eine Schussverletzung, die ziemlich geblutet haben muss, sagte Oskar. Zum Glück hat es wohl irgendwann aufgehört. Ich verbinde ihr jetzt den Flügel, damit sie ihn still hält und die Verletzung heilen kann. Ich muss leider sagen...sie wird wahrscheinlich nie wieder fliegen können. Aber wer weiß...vielleicht geschieht auch ein Wunder.

Dann legte Oskar die Taube noch in das Baumhaus auf ein Bett von Blättern und ging wieder in seinen Garten zurück.

Danke, lieber Oskar, rief ihm Tom noch hinterher.
Jaja...schon gut, mein Freund.

Tom streichelte vorsichtig die Taube am Bauch. Diese schlief vor Erschöpfung und Aufregung ein. Andersstern wich ihr die ganze Zeit nicht von der Seite. Tom ging irgendwann, als es beinah schon Nacht war, ins Haus.

Das Baumhaus hatte im Dach viele kleine Löcher, so konnte die Möwe die Sterne sehen. Die blinkten wie wild durch die Nacht und die Sternentupfer auf ihrem Gefieder funkelten zurück in den Himmel, als würden Morsezeichen hin – und her gehen.

Andersstern beginnt sich und die Welt zu verstehen

Andersstern schlief irgendwann auch ein und als sie am nächsten Morgen erwachte, da spürte sie eine tiefste Zufriedenheit. Sie hatte Freunde gefunden und eine Aufgabe. Eine große Wärme fuhr ihr durch's Herz...und sie glaubte sich ein kleines Stück gefunden zu haben. Denn sie wusste auch jeder Augenblick war auch Bewegung und dadurch wird man immer weiter...und nur bis dahin kann man sich auch erkennen und finden. Ihre Traurigkeit, ihre Verlassenheit, ihre Suche nach einer Möwe, die ihr glich...das alles hatte auf einmal eine ganz andere Bedeutung für sie. Meinte das ihre Mutter oder der Wal? Sollte sie genau das erfahren und damit spüren?

Da traten durch die Decke des Baumhauses Sonnenstrahlen und ließen die Taube wie in einem goldenen Schleier erscheinen.

Und Andersstern wusste...auch sie, die Taube, war ihr mehr als erahnt ähnlich.

**Die Taube will wieder fliegen
Oder vom Glauben an sich selbst**

Nach einigen Tagen ging es der Taube immer besser. Sie erholte sich und kam wieder zu Kräften. Nur ihr Flügel, der blieb kraftlos hängen und so konnte kein Vogel fliegen. Die Taube wurde traurig, denn ihr war klar, eine flugunfähiger Vogel war umso mehr leichte Beute für Menschen oder auch Tiere. Anfangs hatte sie noch Hoffnung, doch je mehr Tage vergingen und keine Besserung eintraf, umso mehr verließ sie auch diese wieder. Bis sie nur noch vor sich hinstarrte oder unsäglich litt, wenn sie der Möwe beim Fliegen zusah.

Weder Andersstern noch Tom kamen gegen den aufkommenden Schwermut an. Alle Versuche der Taube weiterhin Mut zu machen scheiterten.

Bis eines Tages ein anderes Kind das Baumversteck fand und damit auch die Taube. Dieser Junge war aber nicht wie Tom und griff sofort nach dem Vogel. Als dieser auswich, holte es einen kleinen Ast und schlug nach der Taube. Die erlitt erneut Todesangst, wie damals, als man auf sie schoss. Vor lauter Panik rief sie nach Tom und Andersstern, doch beide waren gerade unterwegs. Tom bei Oskar im Garten und die Möwe war gerade am Meer.

Da schlug der Junge schon wieder nach der Taube und nun trat er auch nach ihr. Im Schreck hüpfte das Tier nach oben und sprang hinaus und...sie flog...ja, sie flog und konnte es nicht fassen. Sie begriff, dass ihr Kopf sie glauben lassen wollte, was

Oskar einst sagte...sie könne nie wieder fliegen. Es sei denn ein Wunder geschähe. All die Zeit dachte sie - das sei endgültig und gab sich darum immer mehr auf. Nun, sie flog. Ihr Flügel funktionierte wieder ausgezeichnet. Sie konnte es nicht fassen, was der Geist für Täuschungen produzieren konnte. Wahrscheinlich wäre ich für immer eine traurige Taube geblieben, dachte sie.

So gesehen hatte diese schlimme Erfahrung ein gutes Ende genommen und voller Dankbarkeit flog sie zu Tom und Oskar in den Garten. Die staunten sehr und da kam auch schon Andersstern zurück und konnte es ebenso wenig glauben. Doch gerade das war es ja...an sich selbst glauben...mutig sein, auch mal etwas zu riskieren, um Grenzen im Kopf zu öffnen.

Oskar nahm die Taube auf die eine Hand und die Möwe auf die andere und sagte: Kommt, meine Lieben...wir feiern jetzt mit Tom, dass wir alle so anders und besonders sind.

Für Andersstern aber war es mehr als das, denn sie fand ein Zuhause und hatte obendrein gelernt, wer sucht, findet selten, wer hingegen jeden Augenblick annimmt und diese Momente aufeinander reiht, wie eine Perlenkette, der erkennt den Sinn seiner Existenz.

An sich glauben und du bist nie allein

Glaube an dich und das jeden Tag ein neuer Tag voller Wunder sein kann...egal, wie schwer die Hindernisse auch zu überwinden sind, egal, wie hoch die Mauern, egal wie breit sie auch sein mögen oder du denkst du bist allein mit all deinem Anderssein...du bist es nicht.

Denn je mehr du an dich glaubst, umso mehr kehrst du zu dir selbst ein und damit, so flüsterte der Wind durch Oskars Garten, kommst du in dir an. Spürst eine gewisse Gelassenheit und Mitte. Erkennst auch dieses Netz, was sich durch alles verwoben hat...damals, als die Planeten begannen zu leben. Der Tod aber ist nur ein Wandler und im Grunde, wie das Leben ein Wanderer durch jede Zelle, von Seele zu Seele...

Nachwort

Jeder ist anders, doch wenn das Anderssein ganz konkret sichtbar oder spürbar ist, wird es oftmals für Betroffene umso schwerer. Schon immer hat man versucht alles Lebendige in vorgegeben Maßstäbe und Schubläden einzureihen. Stellvertretend für die, die sich besonders anders fühlen – wie auch immer das zu definieren ist – sind es im Buch u.a. die Möwe, die Taube, der alte Mann oder Aleso, auch Oskar.Sie alle wurden mehr oder weniger verstoßen, gejagt oder mussten andere Erfahrungen machen, die ihnen ihr Anderssein vor Augen hielt.Was bedeutet es nach dem Sinn des Lebens zu suchen? Was ist Glück? Oder was das Gefühl der tiefen Verbundenheit? Wie fühlt es sich an, wenn man all das nicht kennt? Zugleich sich zu öffnen für andere Wahrnehmungen, Vorstellungen, Bilder und Visionen. Es könnte doch sein das...und so weiter. Fantasie kennt keine Grenzen oder Mauern, kennt keine Schubladen. Aber dafür macht sie uns geistig weiter und befeuert unsere Kreativität. Sie ist es doch letztendlich, die ALLES möglich machen kann. Ich wünsch viel Freude mit den Begegnungen in diesem Buch und damit vielleicht sich selbst ein Stück zu erkennen.

Am seidenen Faden

Manchmal verfängt sich ein Traum
und bleibt am seidenen Faden
im Netz des Unsichtbaren hängen
dann fehlt oft nur ein kleiner,
zärtlicher Windstoß
um das Erträumte zu erlösen
es bedarf nur daran zu glauben
dass dieser auch irgendwann weht...